AF509741

# NOTICE

*Sur une nouvelle Edition de la traduction françoise de Longus, par Amyot, et sur la découverte d'un fragment grec de cet ouvrage.*

Daphnis et Chloé, traduction complète d'après le manuscript de l'Abaye de Florence. *Imprimé à Florence, chez Piatti*, 1810, in-8.

Cette édition, imprimée à soixante exemplaires, qu'on a eu l'attention de numéroter, et qui ont été distribués en présents, a été faite aux frais et par les soins de M. Courier, de Paris, ancien officier d'artillerie, et helléniste fort habile. Elle contient de plus que toutes les précédentes, la traduction francoise, en sept pages, d'un fragment très curieux remplissant la lacune qu'on sait être au premier livre de cet agréable ouvrage. Le fragment y est traduit par M. Courier en ancien langage; et on peut dire à la louange du traducteur, qu'il a rempli cette difficile tâche assez habilement pour se faire lire avec Amyot sans qu'on aperçoive trop de disparate. Il a fait dans le reste de l'ouvrage un assez grand nombre de corrections dont quelques-unes de pur style, et que peut-être il eût été mieux de ne pas hasarder; mais la plupart portent sur le texte même et sont motivées sur de meilleures leçons recueillies depuis Amyot dans les manuscrits, et notamment par M. Courier lui-même dans le manuscrit florentin de l'abbaye ( della Badia ), conservé maintenant à la bibliothèque Laurentiane, et d'après lequel il a copié le texte grec de ce même fragment.

On peut avoir quelque surprise de voir paroître la traduction françoise d'un morceau d'ancienne littérature grecque, sans que ce fragment ait été lui-même publié ; tandis qu'il étoit si facile, qu'il étoit de devoir même de l'imprimer, n'eût-ce été qu'en forme de note et à la fin du volume françois, où il eût à peine occupé trois ou quatre pages.

Si l'étrange histoire de la découverte de ce morceau, et ( espérons n'avoir pas à continuer à le dire ) celle de sa perte subite, n'étoient pas maintenant de notoriété publique, on pourroit croire que les pages ajoutées dans cette édition nouvelle, sont une de ces petites super-cheries littéraires, dont il y a déjà tant d'exemples ; le court avertissement qui précède l'ouvrage est lui-même obscur, et conçu de manière à inspirer peu de confiance sur l'authenticité du morceau. Il faut dire que dans cette affaire tout semble avoir tourné à contresens ; est-ce la faute des hommes ? est-ce seulement le concours de bizarres circonstances, que la prudence ne pouvoit prévoir, c'est ce que je n'ai pas le talent de deviner ; mais comme de ces petits incidents, on a fabriqué une longue histoire dans laquelle je suis, non pas compromis, je me rends la justice d'être certain que jamais je ne pourrois l'être à juste titre en quoi que ce fût ; mais au moins comme j'y suis nommé, et que, bon gré, malgré, on paroît vouloir m'y faire figurer, il faut aussi que je la raconte ; ce que je vais faire avec toute ingénuité, et le plus brièvement qu'il me sera possible.

En novembre dernier, me trouvant à Florence avec M. Courier, que j'avois vu venir dans mon magasin à Paris, que j'avois retrouvé avec plaisir à Bologne, nous visitâmes ensemble la belle bibliothèque des manuscrits, dite de Médicis ou Laurentiane. Le principal motif de notre visite étoit d'y vérifier si dans un manuscrit bien connu, et contenant quatre ouvrages grecs, y compris le roman de Longus, nous trouverions le passage qui, dans ce dernier ouvrage, manque à tous les imprimés, comme il a d'abord manqué dans le manuscrit florentin d'Alamanni, qui maintenant est perdu, et sur lequel a été faite la première édition florentine de 1598, in-4., source de toutes les autres réimpressions. M. Furia, bibliothécaire, nous communique le manuscrit, et nous reconnoissons avec joie qu'il n'a point de lacune, que l'endroit inédit forme une page entière de ce manuscrit in-4. remplie d'une écriture aussi menue que serrée. M. Courier prend aussitôt la résolution de copier ce fragment, et même de collationner le texte entier de l'ouvrage qui paroît ne l'avoir jamais été, et qui faisoit espérer des variantes assez importantes : le tout, bien entendu, sans déplacement du manuscrit, et dans l'intérieur de la bibliothèque. Je remets à M. Courier quelques livres nécessaires à son travail ; j'écris à Paris pour lui en faire envoyer d'autres qui ne se trouvoient pas à Florence, et dont il avoit besoin, non pas pour la simple transcription du court fragment, mais pour la révision qu'il alloit faire de tout le texte. Je pars ensuite pour Livourne où m'appeloient mes affaires ; de retour le 12 novembre à Florence, où je n'avois à rester que douze heures seulement, je cours à la Laurentiane visiter MM. les bibliothécaires et M. Courier. J'y trouve ce dernier avec M. Bencini, sous-bibliothécaire ; je les vois chagrins; ils me montrent le manuscrit du Longus, et m'apprennent que la surveille, pendant une courte interruption de travail, une feuille de papier placée par inadvertance dans le manuscrit, y étoit restée collée, parce que cette feuille s'étoit trouvée fortement tachée d'encre en dessous. Je considère avec un chagrin aussi vif qu'amer (1) cette malheureuse feuille collée tout à travers, et cachant tout une page qui étoit justement celle du morceau inédit. Je fais à l'un et à l'autre l'observation que le premier soin eût dû être, le 10, jour de l'accident, d'enlever cette feuille, lorsqu'elle étoit encore moite, et par conséquent moins adhérente au manuscrit. Je demande la permission d'essayer de la décoller, afin de reconnoître l'étendue du dommage, et d'aviser à le diminuer, à le réparer, s'il étoit possible. M. Bencini m'engage à attendre l'arrivée du bibliothécaire en chef, M. Furia, qui effectivement ne tarde pas à venir. Je le prie de permettre que je détache cette feuille, si je le puis faire sans endommager le manuscrit; et, en sa présence, avec un peu de dextérité, animé par le desir de répa-

---

(1) Ma douleur fut bien vive, peut-être même le fut-elle autant que celle de M. Furia, quoique je n'aie pas le bonheur de la faire parler en termes aussi magnifiques. « A così « orrendo spettacolo mi si gelò il sangue nelle vene, e per più « istanti, volendo esclamare, volendo parlare, la voce arrestossi nelle mie fauci, ed un freddo gelo invase le istupidite « mie membra. Finalmente l'indignazione succedendo al dolore, che mai faceste, esclamai...... ». Page 58 de l'écrit de M. Furia.

rer un mal que je n'avois ni fait ni occasionné , mais qui cependant ne m'en chagrinoit pas moins vivement, je parviens à détacher cette feuille, en la déchirant par morceaux; et j'achève avec un plein succès cette petite opération chirurgico-bibliographique.

Quand la feuille du manuscrit fut débarassée de sa triste compagne, mon premier soin fut d'inviter ceux qui l'avoient si habilement déchiffrée et transcrite, à vérifier si l'un des endroits couverts par la tache d'encre recéloit quelque passage resté incorrect, ou au moins incertain, dans la copie, qui heureusement étoit achevée. Cette vérification fut faite sur-le-champ ; et il fut bien avéré qu'aucun passage oblitéré par la tache d'encre , ne laissoit le moindre louche , la moindre incertitude dans la copie , ce qui nous donna à tous quatre un peu de consolation. M. Furia demanda à M. Courier une copie du fragment; je l'invitai à avoir soin de faire cette transcription sur un papier de la juste dimension du manuscrit, et à la faire en lettres fines, avec cette perfection avec laquelle il sait écrire le grec. On convint que cette pièce seroit remise dans le plus bref délai ; pour ma part je promis d'envoyer plusieurs exemplaires de la petite édition que je me proposois d'en faire à Paris aussitôt après mon retour, et de tirer ces exemplaires exprès sur du papier de la grandeur du manuscrit; afin qu'on pût, en y réunissant copie manuscrite et copie imprimée , réparer en quelque sorte le dommage et la dégradation de la page ancienne. Pour cette édition que j'allois faire , il me fut promis, en présence de M. Furia et de son aveu, que la copie qui m'étoit destinée me seroit d'abord envoyée, sauf à faire ensuite celle qui devoit revenir à la bibliothèque, et qui, devant être plus soignée, mieux écrite, seroit nécessairement un peu plus longue à exécuter. Huit jours, quinze au plus, en faisant le tout à son aise et sans précipitation, devoient suffire à ce petit travail ; de sorte qu'avant la fin de novembre tout devoit être remis en ordre, et la bibliothèque avoir reçu sa copie. Je ne prévoyois guère qu'une demande aussi simple, aussi naturelle, et faite d'aussi bonne foi, à laquelle M. Furia ne fit aucune objection, seroit l'occasion ou plutôt le prétexte d'une tracasserie qui, au surplus, doit m'être toujours complètement étrangère. Le même jour, je pars pour revenir en France. M. Courier me promet encore que dans la semaine il m'enverra la copie du fragment, et ensuite, le plutôt possible, sa traduction françoise en style d'Amyot, et les variantes du texte entier. J'étois bien persuadé que ce fragment me devanceroit à Paris ; et l'édition que je projetois, je la destinois à être envoyée en cadeau du nouvel an, tant à la bibliothèque de Florence, à qui cette attention étoit bien due, qu'à nombre de savants et autres personnes de distinction qui avoient bien voulu m'accueillir dans la tournée que je venois de faire en Italie et en Suisse.

Le 12 décembre, j'arrive à Paris ; point de fragment ; j'attends, j'écris, je récris, rien ne vient : je finis par ne plus écrire ; et enfin, dans le mois d'avril, je reçois par la poste, non pas le fragment grec, mais un exemplaire de l'entière traduction françoise d'Amyot, réimprimée à Florence, avec le fragment traduit et remis à sa place : c'est l'édition que j'annonce au commencement de cette note. Pour ce qui est du fragment en langue grecque, et de la collation promise de tout le texte ; depuis mon départ de Florence, je n'en ai plus entendu parler.

Il sembleroit que je n'aurois plus rien à dire, et que je devrois clore ici cette note, déjà assez longue ; mais puisqu'on a bien voulu s'occuper de moi sans que je l'aie demandé, il faut aussi que pendant quelques minutes j'occupe tout l'univers de ma réponse ; j'entends l'univers de Tristram-Shandy, les cinquante ou soixante personnes qui se sentiront le courage de lire toute cette polémique.

J'avois pris mon parti, et fait le sacrifice du petit plaisir que je m'étois d'abord promis de la publication de ce fragment, tant et si inutilement attendu, lorsqu'on m'envoya de Milan un article anonyme, inséré dans le *Corriere Milanese*, du 23 janvier, et probablement rédigé par quelque officieux Florentin. Dans cette note, dont chaque ligne est un mensonge et une calomnie, on parle de vandalisme, de cupidité ; on dit qu'un libraire de Paris découvrit et copia le fragment, qu'ensuite il renversa son encrier sur la page inédite, et la couvrit entièrement d'une encre particulière et indélébile : le tout, bien entendu, par avidité et pour gagner beaucoup à la publication exclusive de cette pièce. Je ne répondis point à une note aussi absurde ; mais M. Furia a pris la peine d'y répondre à ma place, dans un écrit qu'il vient d'insérer au tome X de la *Collezione*

*d'Opuscoli scientifici et letterarj*, Florence 1810, in-8.,
pages 49 à 70. Dans cet exposé, qui certes n'est pas un
écrit fait de complaisance pour moi, on voit à peu près
les détails que je viens de donner; on voit par qui,
où et comment a été faite la tache, qu'il n'y a pas eu
d'encre indélébile, que le *librajo francese* n'est pour
rien là dedans; et enfin le journaliste milanois se
trouve complètement convaincu d'imposture : mais on
y voit aussi que M. Furia ne demande pas mieux
que de trouver des torts, et qu'à défaut de faits il se
jette sur les plus menus incidents, pour me faire
jouer un personnage.

D'abord il me blâme indirectement d'avoir détaché
la feuille super-imposée. Je l'ai fait parce que c'étoit
nécessaire, indispensable; je l'ai fait en sa présence,
avec un succès complet, sans effleurer dans la plus
petite parcelle le papier du précieux manuscrit; et si
dans cette occasion quelqu'un pouvoit avoir tort, ce
seroit le bibliothécaire lui-même, pour n'avoir pas es-
sayé d'ôter cette feuille, dès le 10 novembre, jour de
l'accident; ce qu'il eût probablement fait sans aucun
risque et avec la facilité d'enlever aussi une partie de
cette nouvelle encre encore mal fixée sur la feuille ancienne. Au reste, l'emplâtre est ôté, c'est le principal;
mais je ne vois en aucune manière quel pouvoit être
le motif de M. Furia, lorsque le 10 novembre, il voulut que la feuille restât collée, ainsi qu'il l'apprend
lui-même : *Il qual non volli che fosse in conto alcuno
rimosso dal posto.* Certes à ce poste la feuille ajoutée
figuroit tout aussi bien que l'aune de boudin au nez

de la femme ; et je suis très coupable d'en avoir fait
l'extirpation. M. Furia continue : « M. Renouard hu-
« mectant adroitement le feuillet avec sa langue et son
« haleine, se disposoit à l'enlever, je m'y opposai bien
« vite, mais inutilement, parce qu'au moment même
« il l'enleva rapidement en le déchirant en quatre mor-
« ceaux (1)». Il m'a en vérité fallu du courage pour sur-
monter le dégoût de poser ma langue sur ce feuillet
tant de fois palpé par ces messieurs. C'est la plaie d'un
malade que je suce, me disois-je en moi-même pendant cette répugnante corvée. M. Furia me dit bien
alors : Prenez garde, laissez, vous allez tout déchirer. Ma
réponse fut de lui présenter le manuscrit débarrassé ;
tout justement, au talent de l'opération près, comme
l'oculiste à qui l'on crieroit : Laissez cette cataracte,
vous allez crever l'œil ; et qui répondroit en montrant
la cataracte extirpée et le malade rendu à la lumière.
Comme on veut à toute force que je sois pour quelque
chose dans tout cela, on me fait aussi une affaire de
n'avoir pas respecté l'intégrité du papier super-imposé,
et de l'avoir enlevé par morceaux. Auroit-il mieux
valu pour le conserver intact, arracher par lambeaux
la feuille du manuscrit ? Ce papier portoit une attes-
tation de la main de M. Courier, par laquelle il se re-
connoît l'auteur involontaire du dégât ; mais l'attesta-

---

(1) Il signor Renouard destramente umettandolo con la
lingua e col fiato, già disponevasi a toglierlo. Mi vi opposi
io ben tosto, ma inutilmente, poiché egli nel tempo stesso
con rapida mano lo tolse, rompendolo in quattro parti.

tion n'a point été déchirée ; M. Furia déclare l'avoir recueillie et conservée entière. Dans l'état des choses, il ne pouvoit rien desirer davantage.

Le point le plus désagréable de cette affaire, et ce qui a motivé l'écrit de M. Furia, c'est qu'effectivement la bibliothèque n'a pas encore recouvré la copie du fragment; c'est que le manuscrit, devenu imparfait au moment où il venoit d'être reconnu complet, est encore dans son état de mutilation. C'est un œil rendu à la lumière, et crevé aussitôt après par la main qui l'avoit si habilement opéré. Sans doute, il falloit que la copie fût remise ; il le falloit si bien que, voyant ce qui est arrivé, je me reproche actuellement à moi-même, comme un tort bien involontaire sans doute, de n'avoir pas refusé toute copie avant que la bibliothèque eût reçu la sienne, et d'avoir au contraire desiré, bien que de l'aveu du bibliothécaire, qu'une copie me fût d'abord transmise.

Pouvois-je me douter que cette demande, faite de la meilleure foi du monde, serviroit, comme je l'ai déjà dit plus haut, de motif ou de prétexte à une difficulté que je n'avois garde de prévoir, par la raison que je n'eusse pas été capable de la faire. Partant le même jour, je ne pouvois que me recommander à la bonne volonté de M. Courier qui promettoit l'envoi le plus prompt, à celle de M. Furia qui consentoit à continuer l'obligeante communication du manuscrit, pour l'achèvement de la révision du texte. M'étoit-il possible de deviner qu'après mon départ, ces messieurs se fâcheroient, prendroient de l'humeur les uns contre les autres, et dans leur fâcherie mettroient en jeu l'absent pour lui faire dire ce qu'il n'a point dit, et tirer de quelques mots des inductions toutes contraires à ce qu'il a jamais pensé. M. Furia imprime qu'on lui a allégué que j'avois défendu de lui rien remettre : c'est, je dois le dire, une fausseté, de quelque part qu'elle vienne. On a vu plus haut que j'avois desiré une copie prompte, mais je ne l'ai jamais demandée exclusive. MM. Furia et Courier savent très bien cela l'un et l'autre. Ma recommandation à ce dernier, au moment de nous quitter, fut de me donner la première copie, ainsi qu'il étoit convenu, et de me la donner assez promptement pour que je pusse être mis en état d'imprimer aussitôt après mon arrivée à Paris.

C'étoit bien peine perdue que cette recommandation, puisque je n'ai jamais rien reçu, ni le texte du fragment, déjà copié quand je suis parti de Florence, ni la traduction faite depuis, qu'on m'avoit pareillement promise, et que j'ai connue, avec le public seulement, quand elle a été imprimée. Qu'on vienne après cela dire que c'est pour se conformer à mes intentions qu'on a refusé la copie demandée; ceci a en vérité un peu trop l'air d'une mauvaise plaisanterie.

Si l'on eût scrupuleusement réservé cette pièce pour moi, on me l'eût envoyée : si l'on s'étoit cru lié par une interdiction que je n'avois pas plus le droit que la volonté de prononcer, cette cause eût entièrement cessé par l'offre que M. Furia déclare avoir faite de ne communiquer à qui que ce soit cette copie avant qu'on ait imprimé à Paris, et même de la cacheter et déposer, si l'on croyoit une telle précaution nécessaire : cependant le refus a continué, et probablement dure encore. J'en ai dit assez pour prouver que quels qu'en puissent être les motifs, ils me sont et doivent m'être parfaitement étrangers.

Au reste, si l'on veut trouver à M. Courier quelque tort, ce ne sera du moins pas celui de l'amour du gain ; car dans son travail tout étoit gratuit, comme dans mon édition à peu près tout devoit être pour moi pure dépense. Aussi M. Furia dans sa longue épître ne l'attaque point de ce côté ; il réserve ce gracieux compliment pour le libraire. Il est tout simple pour M. Furia qu'un libraire n'a pu aller voir des manuscrits que dans l'espoir de gagner quelque argent : deux ou trois pages inédites de grec ont enflammé sa convoitise ; et *per fas et nefas* il a fallu arriver aux moyens de ravir cette riche toison, et de la ravir pour soi seul. Ma réponse est ma vie entière ; et, assurément, jamais l'amour du gain ne m'a fait dévier de la route que doit suivre un commerçant honnête : ce n'est point là mon péché capital. Quant à cette importante spéculation, non littéraire, mais mercantile, selon M. Furia ; il a trop de bon sens pour être la dupe de sa petite injure : il sait très bien que, soit à Paris, soit à Florence, il y avoit dans cette exiguë publication, quelque argent à dépenser, pour imprimer la pièce, la vendre à peu de personnes, en faire cadeau à un grand nombre, et en être pour les frais de l'édition. Au reste, ce n'étoit pas trop payer le plaisir de cette petite conquête littéraire, et j'y eusse, s'il l'eût fallu, dépensé bien davantage. M. Furia sait très bien aussi que, dans l'intérieur même de la bibliothèque j'ai dépensé, je ne dis pas à son profit, mais à celui des subalternes, bien plus que n'auroit jamais pu rapporter la vente la plus miraculeuse de cette niaiserie grecque. Cette indemnité, je la devois sans doute, pour la complaisance avec laquelle on voulut bien, pendant ce temps des vacances, tenir la bibliothèque ouverte pour laisser travailler sur ce manuscrit qui ne devoit pas être déplacé. Quant à M. Furia, ses complaisances et sa peine ne pouvoient se payer que par de la reconnoissance ; et je n'en conserve pas moins pour lui que si le manuscrit me fût venu, qu'il me fût venu en temps utile, que mon impression eût été bien et promptement faite; et enfin que j'eusse eu de cette petite affaire autant de satisfaction et d'agrément qu'elle m'a déjà donné d'ennui. Mais aussi, que M. Furia me fasse la grace de ne point s'occuper de moi plus qu'il ne doit et plus que je ne veux; qu'il ne me fasse pas dire ce que je n'ai point dit: ou, si l'on me prête un langage inconvenant, que sa haute sagacité, aidée d'un peu de charité chrétienne, lui fasse rejeter comme absurdes tout langage, toute conduite qui n'auroient pu être le langage, la conduite d'un homme honnête et non en démence.

Que conclure de tout ceci, et des vingt-deux pages de M. Furia; que le libraire a eu le tort de ne pas voir du premier coup-d'œil, que l'accident arrivé au manuscrit exigeoit qu'avant toutes choses copie fût remise à la bibliothèque; mais qu'au reste, la remise de cette copie n'a dépendu aucunement de sa volonté,

et qu'il n'est point du tout la cause du refus. On lui re-
prochera encore, si l'on veut, de n'avoir pas su prévoir
que le desir bien franc, un peu enthousiaste, de publier deux vieilles pages de grec seroit officieusement
transformé en avidité mercantile. Quant au littéra-
teur, il est probable qu'il aura cru avoir le droit de re-
tenir ce qu'il avoit trouvé, ou au moins de ne le publier
que quand bon lui sembleroit. Il n'aura pas aperçu qu'a-
vant la tache il avoit bien ce droit, mais que la tache
une fois faite, son devoir étoit de rendre aussitôt une
copie manuscrite: ou, s'il ne la vouloit rendre qu'imprimée, de la donner avec une promptitude telle qu'on
eût à peine eu le temps de s'affliger de la dégradation.
La plus grande partie du mal est encore réparable.
Que M. Courier imprime son fragment, ou qu'il le
rende en manuscrit à la bibliothèque; il fera cesser
les justes réclamations des amis des lettres; et dès lors
la dégradation du manuscrit ne sera plus qu'un accident, très fâcheux sans doute, mais sans aucun pré-
judice pour la littérature.

Paris, le 5 juillet 1810.

ANT. AUG. RENOUARD.

---

DE L'IMPRIMERIE DE CRAPELET.

9 782329 648033